Date: 10/12/18

SP J MANUSHKIN
Manushkin, Fran,
Pedro, candidato a
presidente /

PEDRO, CANDIDATO A PRESIDENTE

por Fran Manushkin

ilustrado por
Tammie Lyon

PICTURE WINDOW BOOKS
a capstone imprint

Publica la serie Pedro Picture Window Books,
una imprenta de Capstone,
1710 Roe Crest Drive
North Mankato, Minnesota 56003
www.mycapstone.com

Texto © 2018 Fran Manushkin
Ilustraciones © 2018 Picture Window Books

Los datos de CIP (Catalogación previa a la publicación, CIP) de la Biblioteca del Congreso se encuentran disponibles en el sitio web de la Biblioteca.

ISBN 978-1-5158-2508-1 (encuadernación para biblioteca)
ISBN 978-1-5158-2516-6 (de bolsillo)
ISBN 978-1-5158-2524-1 (libro electrónico)

Resumen: Pedro se postula como presidente de su clase contra su amiga Katie Woo.

Diseñadoras: Aruna Rangarajan y Tracy McCabe

Elementos de diseño: Shutterstock

Fotografías gentileza de:
Greg Holch, pág. 26
Tammie Lyon, pág. 27

Impresión y encuadernación en los Estados Unidos de América.
010837S18

Contenido

Capítulo 1
Pedro, candidato a presidente

ELECCIONES ESCOLARES

—Seré candidato a presidente de nuestra clase —le contó Pedro a la maestra Winkle.

—¡Yo también! —dijo Katie Woo.

—¿Qué pueden hacer por nuestra clase? —les preguntó la maestra Winkle.

—Yo sé hacer trucos de magia —contestó Pedro.

—Yo sé bailar tap —contestó Katie.

—Eso es divertido —dijo la maestra Winkle—. ¿Pero cómo ayudarán a la clase?

—No lo sé —respondió Katie.

—Tendré que pensarlo —respondió Pedro.

Esa noche Pedro pintó un afiche.

Paco, su hermanito, quiso ayudar. Pasó sus manos manchadas por todo el afiche.

—Puedo solucionar esto

—dijo Pedro. Pintó:

¡VOTEN POR PEDRO!

¡LES DARÉ

UNA MANO!

—Buen trabajo —dijo su

papá—. Estás usando la cabeza.

Capítulo 2
Pedro no tiene palabras

Al día siguiente la maestra Winkle dijo:

—Antes de que votemos mañana, Katie y Pedro darán un discurso cada uno. Nos dirán por qué cada uno debería ser presidente.

—No soy bueno para dar
discursos —dijo Pedro.

—Yo sí —alardeó Katie Woo.

Pedro intentó escribir

su discurso. Justo en ese

momento, Roddy arrojó un

lápiz a la pecera. Pedro saltó

y atrapó el lápiz.

—¡Salvaste a nuestro pez!

—gritó Barry—. ¡Y encontraste

mi lápiz favorito!

Pedro intentó escribir su discurso otra vez. Pero vio que Juli estaba triste.

—¿Qué pasa? —le preguntó.

—Me fue mal en mi prueba de matemáticas —respondió Juli.

—No te preocupes —dijo Pedro—. Mañana puedes hacerlo mejor. Tal vez te pueda levantar el ánimo con una broma.

Pedro le preguntó:

—¿Qué le dijo el 1 al 10?

—¿Qué? —preguntó Juli.

—Para ser como yo, tienes
que ser sincero.

—¡Qué gracioso! —dijo
Juli—. Me siento mejor.

Esa noche, Pedro le preguntó a su papá:

—¿Qué debería decir en mi discurso mañana?

—¡Guau! —ladró Peppy.

—¡No puedo decir eso! —bromeó Pedro.

Capítulo 3

Un presidente
buen compañero

Al día siguiente era la elección. Katie dio un gran discurso.

La maestra Winkle le preguntó a Pedro:

—¿Está listo tu discurso?

—Este... no —respondió Pedro.

Roddy gritó:

—¡Quiero que gane un niño! Y sé lo que deberíamos hacer.

—¿Qué? —preguntó Juli.

—Hay más niños que niñas

en esta clase —dijo Roddy—.

Si todos los niños votan por

Pedro, ¡él ganará!

—¡No es justo! —dijo

Pedro—. Deben votar por la

mejor persona, ya sea niño o

niña.

—¡Excelente discurso!

—dijo la maestra Winkle.

—Voto por Pedro —dijo Barry.

—¡Yo también! —dijo Juli—.

Pedro es un buen compañero.

Pedro le preguntó a Katie:

—¿Seguiremos siendo amigos si yo gano?

—¡Claro que sí! —dijo Katie—. Siempre seremos amigos. Y se dieron la mano.

Los niños de la clase contaron
los votos. Adivina quién ganó.

¡Pedro!

—Prometo ser un presidente
estupendo para todos —dijo
Pedro.

¡Y así fue!

Sobre la autora

Fran Manushkin es la autora
de muchos libros de cuentos
ilustrados populares, como
Happy in Our Skin; *Baby,
Come Out!*; *Latkes and
Applesauce: A Hanukkah
Story*; *The Tushy Book*;
The Belly Book; y *Big Girl
Panties*. Fran escribe en su
amada computadora Mac en la ciudad de Nueva
York, con la ayuda de sus dos gatos traviesos
gatos, Chaim y Goldy.

Sobre la ilustradora

El amor de Tammie Lyon por el dibujo comenzó cuando ella era muy pequeña y se sentaba a la mesa de la cocina con su papá. Continuó cultivando su amor por el arte y con el tiempo asistió a la Escuela Columbus de Arte y Diseño, donde obtuvo un título en Bellas Artes. Después de una breve carrera como bailarina profesional de ballet, decidió dedicarse por completo a la ilustración. Hoy vive con su esposo, Lee, en Cincinnati, Ohio. Sus perros, Gus y Dudley, le hacen compañía mientras trabaja en su estudio.

Conversemos

1. Menciona algunas de las cosas que hizo Pedro para ayudar a sus compañeros en este cuento.

2. El presidente de la clase es un líder en el salón de clases. ¿Cómo es un buen líder? Utiliza ejemplos del cuento y los tuyos propios.

3. ¿Cómo crees que se sintió Katie cuando escuchó la idea de Roddy? ¿Cómo crees que se sintió cuando escuchó la respuesta de Pedro?

Redactemos

1. Imagina que eres candidato a presidente de tu clase. Escribe un discurso sobre lo que harás por tu clase.

2. Escribe una lista de razones por las que te gustaría votar por Pedro.

3. ¿Cuál es tu personaje favorito? ¿Por qué? Escribe dos o tres oraciones.

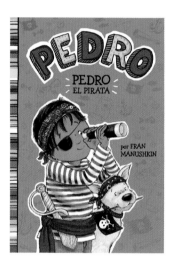

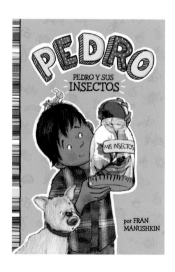

CON PEDRO!

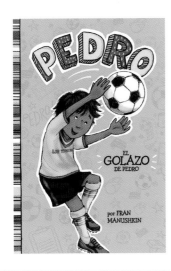

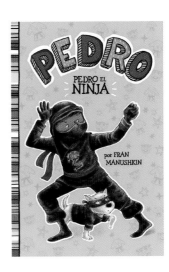

AQUÍ NO TERMINA LA DIVERSIÓN...

Descubre más en www.capstonekids.com

★ Videos y concursos
★ Juegos y acertijos
★ Amigos y favoritos
★ Autores e ilustradores

Encuentra sitios web geniales y más libros como este en www.facthound.com. Solo tienes que ingresar el número de identificación del libro, 9781515825081, y ya estás en camino.

ELECCIONES ESCOLARES